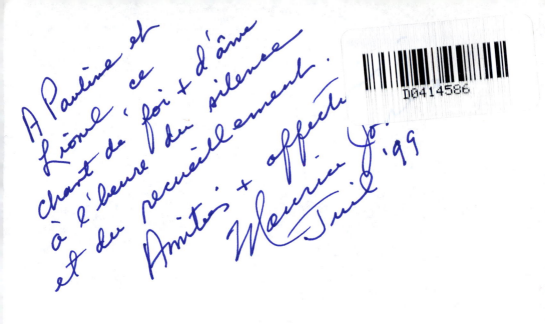

A Pauline et
Lionel, ce
chant de foi + d'âme
à l'heure du silence.
et du recueillement.
Amitiés + affecti.
Maurice Jo.
Juin '99

MAURICE JONCAS
EAUX-DELA

Humanitas reçoit pour son programme de publication l'aide du Programme de subventions globales du Conseil des Arts du Canada.

ISBN 2-89396-145-2

Dépôt légal - 1er trimestre 1997
Bibliothèque nationale du Québec
Bibliothèque nationale du Canada

Illustration de la couverture: Maurice Joncas, *Ile-aux-Basques*
Illustrations: Gaston Cloutier

Infographie laser: *Scribe-Québec*

© Humanitas

Imprimé au Canada

990 Croissant Picard, Brossard, Québec, Canada J4W 1S5

Eaux-delà

Ving-six chants d'amour en prose

Maurice Joncas

HUMANITAS

"*Ether divin, vent à l'aile rapide, eaux des fleuves, sourires innombrables des vagues marines, Terre, mère des êtres, et toi, Soleil... Je vous invoque ici.*"

— Eschyle

POESIE...

Fugue oubliée du temps...
Poussière d'étoiles...
Vase clos de tendresse endormie...
Odyssée profonde du rêve...
Toccate en mal de musique...
Chanson limpide de l'enfance...
Amitié retrouvée au cœur de la lumière...
Fébrilité sereine de l'attente

POESIE...

Porte ouverte sur la VIE
Et chanson éternelle de l'AMOUR...

change rien à mon amour pour toi, tu le sais bien... Regarde!... Tout est renaissance en rêve et en dualité. Tu es un ZOROASTRE intermédiaire de la mémoire humaine, un PROMÉTHÉE guidé par le goût de l'action et la foi en l'homme...

Cesse de replier ton cœur pour le mettre à l'abri. Ne le serre plus, ne l'atrophie plus. Comme lumière, laisse-le chanter ses soleils de vie en solitude recueillie, laisse sa voix rompre le silence... Chante, chante et chante encore en étranges langueurs, car le poète est un fou qui danse et virevolte sur les routes du lyrisme. Il est musique en jeux asymétriques... N'aie pas peur...

La vie ne te veut aucun mal. Au contraire, elle a nom bonheur en ses somptueuses retrouvailles et ses voyageries ont faim de vivre le vertige des portes ouvertes sur l'ineffable, sur la beauté d'une âme vacante à habiter de prodigieuses tendresses...

TOUT EST VOYAGE EN TOI, EN SOLITUDE,
EN DUALITÉ OU EN TERCETS...

Les chansons se multiplient, aiment, fusent et meurent, puis reviennent de nouveau en valses tristes où naissent de si belles étoiles d'écume blanche...

Tout redevient illusion au ralenti. Mais le cœur, lui, chante encore, deux, dix, quinze, vingt-six fois sans relâche, dans la géométrie des heures et dans l'espace clair des gestes à redécouvrir...

Ce soir, tu ne revisiteras plus le pays des réminiscences aux reflets de voluptés délicieuses et de lettres de cœur. Elles ne viendront plus meubler ta vivacité bouillonnante. Non... Car c'est aujourd'hui, c'est maintenant que tout se passe. Les silences trompeurs de l'AMOUR n'attendent plus sur le seuil du désir qu'on veuille bien les laisser entrer dans notre mémoire séculaire..."

Comme il avait raison le vent... Tout doucement, je me laisse bercer par ses murmures inlassables...

Maintenant, tout est musique en moi...

Aux liesses amoureuses de jadis, j'appose le seing sacré des caresses oubliées comme autant de visions de lumière à la beauté pétrifiée de canoniques fugues, de gestes d'amour et d'infinis sourires de tendresse...

Mon chant reprend son envol fugitif vers de secrètes certitudes, débarrassé du vacarme épris du silence et de l'émoi de sa voix vive...

Tout est chant d'ame en moi...

Et mes voyagements épousent visage d'enfance au pays conquis de la vieillesse, en de sonores espaces où résonnent simultanément les chants humains les plus beaux, en nous indiquant les eaux du large, delà l'horizon conquis par le crépuscule mourant...

Tout est poesie en moi...

Je suis terre, vent, fleuve, soleil, lumières... Les robes des femmes s'éclatent dans l'éclat des bals tournoyants de vie, comme autant de plaques tournantes d'ivresse pure à visage éternel de vérité...

Je les entends vibrer comme des cœurs en flammes au sortir d'un désir des tréfonds de l'amour...

Tout est chant d'ame en ma vie...

Car l'automne d'octobre viendra assez tôt pour déverser ses lumières captivantes en autant d'instants de stase où l'éternité du temps revêt sa robe pourpre en chantant ses liesses harmoniques sur les dalles de pierre grise...

Les feuilles valseront sans fin aussi, étourdies de désir, ivres de mort, dans la quiétude des heures, des musiques ensorcelées et des rires nostalgiques...

Tout à coup, tout redeviendra silence à mémoire d'automne...

Je tairai alors mes chants d'âme. Ils se retireront lentement dans la solitude de leurs contemplations errantes, en des absides désertées et exténuées de tant de prières... Une fois, deux fois, dix fois, quinze fois, vingt-six fois, je ferai silence de mes naissances et de mes morts au nom de l'amour, à l'heure où s'harmonisent les rêves de la vie...

Au seuil de la sagesse se tient parfois un brin de folie, un festin sacré unissant la vie aux ténèbres, en laissant l'esprit toucher à la transsubstantielle beauté du mystère...

———————————

A toi, LOUISE, ces vingt-six chants d'amour...

SILENCES

(Premier chant)

D'air pur et beau, sur les sables du temps, mes pas surgiront dans les douces chaleurs bénies de l'été...

Mes silences se rempliront de musiques éternelles, comme la nuit du penseur solitaire est pleine de lumière...

D'UN SEUL ELAN DE CŒUR,

en un mouvement grandiose, ma symphonie d'âme rejaillira, triomphante comme un hymne de victoire, un matin de printemps...

De communiantes fillettes à voix de sirènes appelantes marqueront le temps venu, par delà les eaux hurlantes, des fougueux ébats de la mer et du vent jouant leurs musiques sur les rochers séculaires...

D'UN SEUL ELAN DE CŒUR,

vingt-six fois j'écrirai le temps venu de l'AMOUR, car la terre s'anime maintenant et le voyage recommence... Au pays de moi, les volets s'ouvrent et chantent les registres infinis de la VIE...

Oui, derechef, j'écrirai à la VIE, puisque la lumière jaillit encore...

D'UN SEUL ELAN DE CŒUR,

je suis là au rendez-vous du regard de tant d'amis fidèles... Avec vos yeux sereins, perçants, merveilleux, houleux, profonds, envoûtants, fougueux, frémissants, intelligents, brûlants, le soleil me viendra par votre sourire...

D'UN SEUL ELAN DE CŒUR,

vous opérerez votre charme séducteur, pour que ma plume s'écrive polie et tendre, captant des mots d'aujourd'hui, des mots dorés, argentés, bicolores, sans ambages, et qui chanteront à cœur-joie que les fruits mûrs ont encore un goût de soleil, un goût de ciels lumineux et fleuris de nuages...

D'UN SEUL ELAN DE CŒUR,

j'écouterai le SILENCE me dicter l'AMOUR à chanter, délivré de ses voiles et encore tout saoulé d'azur. Ne resteront d'eux que leur foudroyant baiser avec les rouges teintes du crépuscule...

D'UN SEUL ELAN DE CŒUR,

vous me permettrez d'entrer en vous, en me laissant cueillir vos âmes.

D'UN SEUL ELAN DE CŒUR,

je boirai à la source intarissable de vos silences et je verrai, ô privilège exquis, d'où me parvient votre lumière...

Entre mes doigts fatigués coule l'eau fraîche de mes sources intérieures. C'est pourquoi je tends mes mots vers vous. N'ayez crainte... Ils ont la fraîcheur des limpides fontaines du temps retrouvé, des prières fécondes et des hymnes à l'AMOUR...

Par delà les eaux de la vie, le vent du grand large ouvre la mémoire de l'être tout entier et le pousse en avant. Malgré les tumultes qui parsèment sa route, seul, épris et confiant, il retrouvera ses appels au silence de belle liberté...

D'UN SEUL ELAN DE CŒUR,

à mon tour, mon cœur prendra la route de la pleine mer...

Moi, vingt-six fois de suite, comme autant de chants d'amour, j'emprunterai les mots sages de Nicolau Mathews et je te dirai alors:

"Tu es, avec toutes choses, au fond de mon silence et mon cœur est chaud de ta présence..."

VOYAGERIE

(Deuxième chant)

ETE...

Comme il pénètre mon âme ce mot magique et fier! La vie évanescente tonifie mes jours encore lents à frémir. Je suis las, pèlerin infatigable, au terme de ma chevauchée du temps. La transparence du rêve palpite au creux de la lumière. Le vieux quai de bois grisonne et ses poutres salées s'incrustent en des secrets et voyages imaginaires. Les bateaux s'endorment, caressés par les vagues langoureuses et passionnées, à la poursuite des reflets argentés du jour enfiévré de chaleur...

Chante... mon beau souvenir surgi, là, soudain et imprévisible... Chante le paysage fascinant, les pionniers inlassables à l'œil sage, aux mains habiles, aux ambitions fantasques... Chante la mer parcourue, la mer gracieuse, la mer terrible, la mer attirante et charmeuse. Fionne encore ses complaintes brèves, lyre ses mélopées sur les ailes du temps, rappelle-toi ses gracieux refrains tour à tour accueillants et frondeurs. Puis, sans rechigner, chante sans cesse ses pionniers hardis, car ils ont pris terre, maison, pays à construire...

"...CHANTE, CHANTE, CHANTE MON GARS..."

Elle est belle la MER...

Elle est scintillante, la mer, sous les lueurs de l'aube et les reflets mystiques du crépuscule. Elle est calme et sereine aux heures limpides de soleil, la mer. Puis, comme ça, sans raison, elle se déchaîne en de subites colères et ses tempêtes imprévisibles sont déconcertantes et parfois si cruelles.

Dans les méandres trompeurs de ses abyssales profondeurs, naïades, ondines et gorgones valsent sans fin. Leur ténébreuse farandole se répercute en de vibrants échos de vagues et d'écumes lancinantes, à la limite de l'univers en plénitude ou dans l'abîme sombre des flots ininterrompus, complainte inachevée du vent et des mystères mouvants de l'onde fugace.

C'est le rendez-vous du souvenir et de la mer... Le bleu iridescent du ciel s'y mire courageusement à la poursuite du gris foncer de la tempête et des nuances irisées de la vague roucoulante...

Elle est belle, attirante et mystérieuse, la mer...

Elle a mémoire vivante de l'amour et de la paix en ses étendards de vie. Et ses sirènes palpitantes de musiques, de chants ensorceleurs et d'échos fluides, habitent nos rêves enclos. Elles naviguent dans l'inconscient étrange et nébuleux de l'être humain en voyage, en transit ou en mal de départ. Alors, en un chœur illuminé, toutes les étoiles brillent à n'en plus finir, riches de leurs symboles de lumière et se remplissent les yeux à ravir. Puis, tout en douceur, elles se donnent en partage et leurs chants se répercutent dans l'univers éblouissant.

Elle est là, la MER, omniprésente et fière,

Comme mon souvenir, invitante dès l'aube. Azurée et méditative, elle vogue allègrement au large de nos cœurs, au gré de nos mouvances et de ses lueurs, en des espaces sans fin et inaltérables.

Les mains jointes, en prière, elle nous offre ses rhapsodies vermeilles tout en paysages secrets. Là, majestueux et dignes, nos rêves veillent comme des apparitions mystérieuses aux univers comblés, à la recherche des voies lactées et parfois introuvables de la tendresse.

Elle est resplendissante, la MER...

De toutes ses richesses mirobolantes, de ses innombrables bleus aux reflets évanescents, de ses bateaux ivres s'abandonnant dans ses bras...

Elle est chantante, la MER...

Et ses vieilles chansons légendaires sont si enchanteresses, douces, charmeuses, mélancoliques, à mélodies de complaintes tristes racontant des chevauchées fantastiques mémorables à dos de vagues et de vent rageur ou des amours anciennes échouées et oubliées dans l'anonymat de chaque port, de chaque escale...

Elle est féconde et intérieure, la MER...

Elle valse au rythme vivifiant du monde et ses secrets ont couleur de liberté vagabonde...

Tout doux, le Souvenir venait de cesser son chant de louange. Maintenant, la magie des heures opérait candidement en moi. Pensif, heureux et tranquille, j'écoutais la voix des pionniers monter lentement de mon âme. Leur chant respirait un souffle de vie, tel un hymne pieux en ce radieux matin d'été. Sur mes lèvres, le temps laissait un goût chaste de sel, à saveur d'appartenance à la terre natale, un pays nôtre, fait de passion et de souvenirs à fendre l'âme, de souvenirs sans frontières, sans fin, brillants comme aurore, à la naissance du jour ou d'un sourire libérateur et souverain.

Je me mis alors à chanter à mon tour...

Elle est belle, la MER...

Quand elle déploie ses ailes immenses et que son vol libère sa force impétueuse, son courage indompté, à la recherche de somptueux trésors à reconquérir ou de découvertes nouvelles.

Elle est radieuse, la MER*...*

De tous les épanouissements intérieurs de l'être, comme un grand livre ouvert sur le monde et sur la beauté de l'univers...

La MER*...*

*Elle est sertie dans l'*AMOUR *et la* VIE*...*
Et toi, marin du temps et de l'amour,
Qu'attends-tu?....
N'aie pas peur...
Chante, chante, chante, mon gars...

RENAISSANCE I

(Troisième chant)

Ma chanson terminée, je tournai le dos à la mer mouvante et ses eaux-delà. En cheminant dans le petit sentier baigné de lumière du retour vers ma demeure, quelle ne fut pas ma surprise d'entendre le BONHEUR répondre aux appels profonds de mon peuple éploré...

"Aujourd'hui, un limpide et lumineux sourire d'enfant vous a envahi le cœur et l'âme. Et son regard suave et pur se déploie au-delà des houleux panaches d'écume blanche, venus rageusement porter l'appel des plaintes vives de l'océan jusqu'à ses pieds. Et le soleil rougissant, surpris et heureux tout à la fois, donne un dernier baiser à l'horizon fuyant, en s'éclatant de lumières en délire, dans un orgiaque crépuscule vacillant...

Qu'en est-il maintenant de vos orages intérieurs, ceux qui blessent, ceux qui brûlent? Et pourtant, la porte reste ouverte aux changements exaltants de l'espérance conquise... N'ayez plus peur de la nuit oubliée. Elle a somptueusement laissé place à l'aube naissante et, bientôt, le ciel bleu retentira de chants nouveaux...

Vous ne pouvez plus demeurer ainsi, faibles et frémissants. Regardez: les fleurs regorgent de frivolité et sont repues à souhait du festin de l'orage. Elles s'étirent les bras de langueur, comme si elles émergeaient d'un profond et éternel sommeil. Ivres de parfum, elles n'ont de cesse de chanter, aux oiseaux radieux, l'éternelle liberté du monde. Eprises de leur joie à donner, le courage de vivre et d'aimer les incite fougueusement à poursuivre leur route.

Ne vous effrayez point outre mesure. Vos cœurs sont remplis de lumière, malgré les nuages fonceurs et les intempéries soudaines. Le feu qui les habite en chasse constamment la mort.

Voyez-vous, vous arborez le beau nom de RENAISSANCE. Tels des princes et princesses du royaume de l'aurore, vous cueillez à pleines mains les matins dorés de soleil...

VOTRE CHANT SE FAIT RENAISSANCE...

A l'orée nébuleuse du jour, l'immense océan vous submerge en des Atlantides retrouvées. Vous vous dressez comme de magnifiques oiseaux déployant limpidement leurs larges ailes vibrantes comme l'enfance. Votre liberté se transforme doucement et, aux richesses incommensurables des âges de la vie à écrire ou à préserver, vous inscrivez l'amour au front fier et fantasque...

VOTRE ESPOIR S'ECRIT RENAISSANCE...

Elle vous nimbe le cœur de joie, de rêve et de gaieté vagabonde, dans le halo resplendissant de la VIE à retrouver, dans le respect intégral de votre environnement qui n'a de cesse de panser ses plaies vives...

VOUS ETES LUMIERE ET RENAISSANCE...

Et vos lumières de vie trouent sans vergogne le duvet des nuages à la recherche des reflets bleutés de l'azur. Votre vol majestueux plane en un vaste espace de vie. Vos cris de liberté, à peine réitérés, recèlent une ivresse de joie inaltérable. Se pourrait-il que vous eussiez retrouvé, en vos tiroirs secrets, la limpidité de votre enfance, alors que vous couriez pieds nus sur des lagunes de sables étourdies de soleil?...

VOUS ETES LA RENAISSANCE...

Vous m'émerveillez tellement quand vous ravivez ma flamme vacillante dans vos cœurs transis et chagrins! N'ayez plus peur. Entrez dans la célébration de la vie et joignez vos mains en gestes de prière...

De nouveau, vous retrouverez les marches de l'été serein, les longues plages immenses de sable blanc, les îles aux mers d'émeraude et la chaleur bienfaisante des souvenirs aux mille espérances envolées...

Sous l'astre radieux, votre rêve de vie nouvelle ne pourra plus arrêter sa course fébrile vers le port attendu de vos espérances fantasques et candides...

Enfin, votre joie renaîtra éclatante et digne, dans la fluidité diaphane des jours..."

RENAISSANCE II

(Quatrième chant)

Alors, avec moult hésitations, l'enfant poursuivit sa lecture:

"Au-jour-d'hui, c'est le vingt et un mars. Et... cette... date... est im-por-tan-te. Elle nous... ouvre... les portes... du re-nou-veau de la... nature, en un ruis-sel-le-ment de... vie nou-velle... La nei-ge a-go-ni-se... C'est le prin-temps. La re-nais-san-ce de la vie com-men-ce..."

L'enfant leva ses yeux immenses vers moi. Déçu de sa lecture, il regrettait sa mince performance. Moi, je le regardais avec un sourire qui devait sans doute lui sembler fort éloquent. Toute sa figure s'éclaira soudainement, à l'image du soleil qui déversait ses cascades de lumière éblouissante par les larges fenêtres de l'école, en illuminant l'enfance qui m'entourait.

Le temps d'un instant frêle et impondérable, ma pensée s'habilla de rêve :

"C'est merveilleux un enfant qui hésite à proclamer la vie et le renouveau! Et moi, je possède ce grand et intense privilège de guider ses hésitations, ses embûches, la peine qu'il se donne pour entrer dans le temps et la connaissance. Il est à l'image du printemps et de la nature hésitante à livrer la VIE qui regorge en elle et qui n'attend que le signal du temps pour éclore en mille et une étincelles de renouveau...

— Bravo, Gabriel! Malgré tout, tu as réussi à nous annoncer une splendide nouvelle: le printemps est là. C'est la fête de la vie qui commence...

Lentement, le jour se colorait des reflets mordorés de la lumière. Je ne pus résister à la tentation vive de retourner vers les eaux tranquilles, delà le temps et les heures.

Le long de la grève de galets gris libérée de ses glaces rompues, je ne pouvais plus taire les mots affluant à mon esprit comme l'eau des fleuves. La lecture naïve de Gabriel les avait réveillés de leur torpeur hivernale. Sans que je puisse les en empêcher, ils se mirent à chanter à tue-tête et à tue-cœur...

LE PRINTEMPS...

Quelle abondance d'amour et de bonheur pour nous ouvrir les saisons du cœur et en chasser éperdument les nuages sombres et tumultueux de la tristesse! A chaque naissance, comme au mitan d'une limpide lecture d'enfant, une impressionnante issue de vie féconde nous est offerte en héritage...

LE PRINTEMPS...

L'amour en croissance se promène en prière de louange contemplative, dans la douceur limpide des yeux d'une mère à sa première naissance, au cœur de la beauté insondable d'un large pays à découvrir. C'est la VIE qui chante, intense et fière, l'émerveillement de l'âme, l'épanouissement de l'enfance, en une cascade d'eau pure et cristalline descendant des montagnes inviolées, à la recherche des secrets cachés sous les bosquets rieurs...

LE PRINTEMPS...

La douceur des jours se donne des rendez-vous de parlures, de pays, de confidences, des allures fières de saison neuve, où l'amour retrouve ses élans et ses tendresses pures. Le paysage conquis se mue en pays continu et les naissances promises annoncent le soleil du renouveau, les premiers pas hésitants d'un beau jour...

LE PRINTEMPS...

C'est la douce brise d'avril et le ramage enchanteur des amours à conquérir. Les oiseaux vivent en trilles leur éternel retour de migration, en mal de s'aimer et de chanter la vie à boire dans l'effervescence de leur vol libre, une vie qui ne veut plus s'éteindre puisqu'elle a d'ores et déjà chassé les sortilèges de la nuit...

*

O mes chers compagnes et compagnons de route, maintenant que la première saison nous offre sa vie si abondante, que valent nos amitiés fidèles, alors que le passé a tout recouvert de ses ombres? Qu'est devenue la belle et envoûtante nostalgie des larmes que nous avions versées naguère, au milieu de ces lieux campagnards où baignait la couleur intense de nos songes enfuis et de nos confidences mutuelles?

Notre amour réciproque, nos rêves d'enfance, nos dons de vie et de promesses belles, je veux les reprendre maintenant. Car le temps presse. Aujourd'hui, c'est le printemps, mais les saisons déambulent vite et passent en débandade. Chacune de leurs pages est remplie de nos peines sombres, de nos joies lumineuses et de nos rires harmonieux. Dans ce vase clos depuis lumière, un parfum émane encore: celui du temps envolé de notre enfance, comme dans un tiroir oublié du temps, vois-tu, une vieille photo jaunie nous raconte parfois de si belles choses.

Oui, c'est vrai, je vous le dis et vous le chante: aujourd'hui, j'ai vécu ce rare bonheur d'apercevoir la joie et le printemps refleurir dans les yeux de l'enfant Gabriel. Je vous en prie, à votre tour, racontez-moi le SOUVENIR, en hommage à la VIE qui accepte de me rendre visite...

Et tendrement, je vous le rappelle, notre PAYS aussi nous appelle doucement à construire...

COMME LUMIERE

(Cinquième chant)

Comme elle était étonnamment digne, drapée dans ses voiles immaculés, la LIBERTE souveraine, quand elle s'avança vers nous. Elle venait à peine d'émerger de ma prière silencieuse. Avec lyrisme et poésie, elle entama son chant de bienvenue au pays des eaux vives, par-delà les rêves à conquérir...

Comme prix de la VIE,

en chacun de vous, infini et purifiant, j'installerai le BONHEUR pour étancher vos courses folles et vaines...

Et mon chant d'espoir vibrera en musiques exaltées sur la harpe du temps...

Tout en douceur et en caresses, je vous apprendrai la beauté murmurante d'un sourire chaleureux et chatoyant de merveilles... A ce titre, l'AMOUR ouvrira largement ses volets clos:

"Qui frappe ainsi à ma porte de si grand matin?" dira-t-il.

Alors, d'innombrables parfums de tendresse éblouiront sans fin vos incertitudes à cœur ouvert. Entre enfance et vieillesse, l'espoir renaîtra, clair et souverain...

Comme lumière de paix,

je naîtrai pure dans l'esprit et le cœur des êtres. En liberté nouvelle, sous le signe de la tendresse, mes symboliques envolées auront ce bien-être recherché où resplendira la beauté intérieure et la splendeur du rêve cueilli en l'AMOUR...

Comme prix de la liberté reconquise,

j'ouvrirai de nouveau les portes de votre enfance pour mieux y contempler la jeunesse à refaire en vous...

Au temps venu d'une harmonie mélodieuse, j'accorderai mes chants d'ivresse sereine pour mieux vous entonner la fragilité de la vie à combler d'idéal prometteur. Doucement, je vous bercerai, sans plus attendre que l'amour daigne bien vous étreindre enfin de sa délivrance.

Comme source d'eau pure

et de ruisseaux inconnus de vous, j'inscrirai sur vos fronts alanguis l'émerveillement lyrique d'un visage d'enfant rieur. Je prierai la tendresse d'écrire vos noms en sourires éternels, à la limite de la beauté nostalgique, comme un chant harmonieux d'espérance au fond d'une âme retrouvée...

Ainsi s'imprégneront vos regards ravis aux rendez-vous de la mansuétude et de la perfection exultante du cœur à découvert. Car, au commencement, était la tendresse...

Comme émerveillement de vivre,

je célébrerai vos puretés innocentes et j'habiterai vos rêves intimes en mille soleils et miroitements limpides. Nous partagerons ainsi nos amitiés belles et fragiles. Elles perceront nos songes aux avenirs encore si incertains...

Comme enfant nouveau-né,

je me retrouverai en vous et je transformerai enfin cette douceur d'être et d'aimer qui m'accompagne et dont les sourires ont encore couleur de paix profonde.

Sur la scène de la vie, les chagrins s'évanouiront dans l'évanescence des matins clairs...

Alors, de nouveau, ma harpe vibrera intense en autrefois retrouvés et purifiés....

SOLEILS DE VIE

(Sixième chant)

...Car lorsque je retrouverai ton amitié fidèle, elle m'indiquera la route fière et les balises sûres du bonheur. Alors, moi, revêtu de l'habit resplendissant de la lumière, je reviendrai vers la VIE et vers tes eaux limpides, par-delà le bonheur...

Des milliers d'étoiles scintillantes tourbillonneront en valses sans fin, en musiques passionnées, en chorals flamboyants, en chœurs harmoniques et sublimes...

Il n'y aura plus de nuages lourds,

diront leurs chansons... Au bleu du ciel sombre, la vie renaîtra. Elle chassera sans contrainte ni heurts blessants nos nuits d'échecs vains, de pénombre lourde et de solitude triste... Dans la lumière diaphane du matin, langoureuse et magnifique dans ses voiles, l'espérance fera son entrée triomphale sur la scène du BONHEUR...

Il n'y aura plus de nuit sombre,

où l'amitié est absente et obscure, où notre univers ferme toujours ses yeux d'ombre, où toute image joyeuse et remplie de rires est absente...

Il n'y aura plus d'amis rejetés,

plus de chagrins sans nombre, oubliés, sans regrets aucun... Solitude, larmes versées, remords importuns, des mots, des nuages... Bientôt la lumière éblouissante retrouvera sa route et les verra s'éteindre à tire-d'aile, au gré du vent libérateur, de la joie exubérante, en des heures nouvelles et charmeuses...

Il y aura la vie à transmettre...

53

la vie importante...
la vie ancrée au cœur...
la vie envahissante...
la vie don d'amour...
la vie échec à la mort...
la vie source de lumière...
la vie à venir...
la vie, cette inconnue...

La vie extra-terrestre, réincarnée en de lointaines galaxies...
La vie cosmogonique, dans le froid sidéral inconnu...
La vie à la face cachée...
La vie extraordinaire de nos pensées communes à rejoindre...
La vie libre et sans retour possible en arrière...
La vie au cœur de mon peuple et du monde...

ET J'AI NOM BONHEUR

(Septième chant)

Qu'elles étaient magnifiques les eaux chatoyantes delà l'horizon fuyant, tellement diaphanes et pures dans la lumière du jour!... Près de moi, le barde des temps du rêve regardait son luth de poète transi, en recherche de musiques vermeilles. Bercé par la quiétude de sa voix habillée de mots gracieux et suaves, je l'écoutais me raconter la VIE... Puis, tout doucement, presque timides, ses doigts commencèrent à pincer les cordes lourdes de sonorités harmonieuses et recueillies comme prière...

Alors, gracieux et splendide, s'éleva son chant d'offrande...

C'est un beau pays, la VIE...

C'est un bel arbre rempli d'été,
C'est une pure merveille au fronton du rêve...
C'est un beau pays, la nature embellie de nos souvenances
précoces et dont la palette féconde nous prodigue de si limpides
enluminures...

C'est une exultante fantaisie d'aventure, la VIE,

en des pays réels ou imaginaires, en des songes à fleur de
cœur où foisonnent le chatoiement des heures, les délicats
sourires d'aurore et de contrées nouvelles, où se meuvent les
élans impétueux d'amours langoureuses ou mélancoliques, les
libertés inscrites aux fenêtres du temps à fredonner...

C'est un pays mien, la VIE,

à la flamme inextinguible, repue de joie de vivre. S'y mirent
d'odorantes fleurs d'imagination vertigineuse, libres de toute
entrave et dont l'ivresse tendre respire l'air pur des cimes en
basculant dans la jeunesse éternelle...

C'est une pure merveille, un matin, le BONHEUR *à sa porte...*

"Je suis un joyau inestimable et réel. Qu'attends-tu pour te parer le cœur aux feux limpides de la vie? La porte des songes s'est refermée depuis lumière. L'hiver morne et lourd en a banni la mort incessante et ses ombres n'ont plus ce goût amer de cauchemars noirs au parfum de destin infaillible."

C'est une pure fantaisie du cœur, la VIE, *mon frère...*

Laisse s'entrouvrir tes rêves dérobés à la nuit, accueille tes aspirations légitimes comme un levain de jours meilleurs, de réflexion pure, d'émerveillement sans fin, de nouveaux départs vers un pays vierge à conquérir, habité de promesses et d'espérances de victoire...

Alors ta quête quotidienne deviendra prière à saveur d'éternité. Et les symboles éternels de la liberté souveraine t'offriront les mains ouvertes du BONHEUR *pour t'accueillir à la* VIE...

MORTES-SAISONS

(Huitième chant)

Alors que l'atmosphère jouait nonchalamment dans la fluidité et le mouvement diurne de cette journée humide d'automne, je ressentis soudainement l'envie de me fondre dans ce magnifique décor chromatique où se jouaient tant de couleurs et de brillances lumineuses. Au-delà la mer scintillante, les eaux dansaient dans la lumière ardente...

Bien assis sur un lit de feuilles mortes, adossé à une large pierre moussue, je ne mis guère de temps à sortir le PETIT PRINCE de mon havresac. Puis, bien conscient de ma chance, sans autre préambule, je commençai à tourner les pages de l'odyssée planétaire d'ANTOINE...

Autour de moi, les blés ne ciblaient plus le ciel et leurs tiges pétrifiées pleuraient encore le souvenir et le charme des épis tendres. Les oiseaux moqueurs avaient d'ores et déjà déserté leurs nids dans les arbres transis et muets. La saison rouge et or mourait lentement dans les feuilles jaunies...

LA MORTE-SAISON DES AMOURS DISPARUES
S'INSTALLAIT DOCILEMENT...

Les grands bois esseulés se tarissaient lentement et se coupaient de leur sève...

Furtivement, je jetai un regard rapide sur la page ouverte et je remarquai alors que les caractères dansaient en faisant la ronde sur un fond de dune marquée de pas enfantins...

"On ne peut exiger de chacun que ce qu'il peut donner" me murmura tout à coup le PETIT PRINCE, en s'échappant de ses pages ensablées pour me rejoindre en pleine route de pensée et de mémoire:

"Tu sais, on ne peut demander aux poissons de voler, aux oiseaux de nager... Pourrait-on dire à l'eau: "Brûle pour nous, et toi, feu, écoule-toi comme rivière, en laissant les fleurs briller et le soleil grandir, fleurir et s'épanouir?..."

"Alors, pourquoi exiger l'impossible des êtres que l'on aime?...

IL N'Y A PAS DE MORTE-SAISON...
IL Y A LA VIE. VOILA LA DIFFERENCE...

Sur ma planète, ma forêt, elle, ne meurt jamais. Elle ne revêt pas ce visage de béton et de fumée dense où de rachitiques gratte-ciels marqués par le temps poussent et se multiplient dans le macadam des villes chétives. Non!... ma forêt, elle est toujours sensible à l'envoûtement des automnes et au blanc immaculé des hivers fidèles..."

Que de candeur pure s'échappait du regard limpide du PETIT PRINCE!... Je lui répondis alors:

Moi, tu le sais bien, dans mon âme d'arbre solitaire, je suis un homme sauvage. Je suis pleinement conscient que, délirant ou asphyxié, l'on m'encage de plus en plus dans la faune urbaine... Je ne suis plus de lettre belle et de temps animé et déjà le gel commence à envahir ma mémoire...

C'EST LA MORTE-SAISON DE L'AMOUR..."

Le PETIT PRINCE me regardait intensément, attentif à mes paroles transies et désabusées:

"Mais pourtant, je ne t'apprends rien que tu ne connaisses déjà: nous sommes toujours en recherche de notre propre mystère...

Que d'étés au feuillage lumineux ont connu tes eaux tranquilles, sans larmes versées, sans misères figées, sans peines inscrites dans de vaines transparences... Comme il devait être doux, ce temps fragile et tendre, en tes saisons écloses!...

Tu te souviens, n'est-ce-pas?... De jeunes filles en fleurs dormaient sous les marronniers et les cerisiers repus de soleil courbaient leurs branches lourdes de fruits vermeils..."

"Oui, ils me sont douce souvenance, ces somptueux moments écrits au passé heureux. Maintenant, en rosacées écarlates, en mal de départ, ils n'exhalent plus leur doux parfum de jeunesse au milieu des bois ombragés de l'automne vieillissant...

C'EST LA MORTE-SAISON QUI S'INSTALLE EN MON AME...

Elle est habillée de mort heureuse et la vie l'emporte par delà les eaux, là-bas, vers l'horizon sombre. Elle est flétrie de vie, parce qu'elle fut par trop éphémère..."

Le PETIT PRINCE me tournait maintenant le dos, tout en s'occupant à dessiner des arabesques sur le sable des dunes de ses pages de livre, avec une vieille branche recourbée par le temps:

"Bien des fois, reprit-il, en se raccrochant à mes paroles d'ombre, *tout ce qui nous concerne nous semble grotesque ou difforme, comme si la réalité des êtres et des choses nous apparaissait trop difficile à découvrir. Cependant, rien n'empêche la beauté de demeurer omniprésente en nous, en attente de désir, de réconciliation et de paix. Combien de fois ma rose m'a répété cela!...*

IL N'Y A PAS DE MORTE-SAISON EN TON AME,
CROIS-EN MON MYSTERE...

Pars au bout du monde, découvre ta propre planète, toi, aventurier de l'extraordinaire. Parcours les vastes étendues qu'il te reste à découvrir encore, tout en affrontant la peur d'en vivre les hivers qui glacent l'âme...

Pénètre en toi, tiens tête à ta peur, ne reste plus seul à broyer du noir dans l'immensité de l'inconnu... Voilà la clé qui t'ouvrira l'aventure...

Lorsqu'enfin tu auras découvert les richesses de ton univers, tu reverras l'infini briller à nouveau en ton âme de poète. C'est alors qu'éclatera de vérité la lumière de l'AMOUR, dans les profondeurs infinies de ton propre mystère..."

Lorsque je relevai les yeux, une risée de vent subit avait rapidement fait tourner les pages de sagesse du livre D'ANTOINE DE ST-EXUPERY... Je n'eus que le temps de lire en vitesse:

"Il faut bien supporter quelques chenilles si on veut connaître la beauté des papillons..."

RETROUVAILLES

(Neuvième chant)

"Parlez-moi de vous"... disait la chanson... *"Parlez-moi..."*

OUI, PARLEZ-MOI DOUCEMENT...

A nos retrouvailles dans le temps, j'apposerai le sceau d'une infinie tendresse, une noble tendresse, à l'effigie des jours heureux.

Elle viendra joindre nos murmures indolents. Dans ses transports troublants, elle déversera en nous l'amour éclairé et quotidien, illuminé aux sources fières du partage fervent, du don effacé et digne...

PARLEZ-MOI DOUCEMENT...

En échange, je vous léguerai la lumière brillante de l'amitié à couleur de merveilles pour habiller vos jours d'épanouissements sublimes et de liberté vagabonde. Alors, mouvante et fidèle, s'éclatera votre joie de vivre en milliers de feux nouveaux...

PARLEZ-MOI DOUCEMENT...

Je laisserai la Paix refleurir en vous. Votre peuple survivra à l'incompréhension du monde. Je ferai taire à jamais les longues plaintes éperdues et lourdes... A nouveau, mon chant parlera d'espérance. Sans prétentions aucune, je vous enseignerai comment croire à la vie, à vos rêves de conquête et de victoire, à vos fantaisies chimériques... Et, ô lueur imperceptible, la justice fière vous apparaîtra digne dans sa robe nimbée d'aurore, fraîche éclose des landes de l'amour...

PARLEZ-MOI DOUCEMENT,

sans heurts, sans meurtrissures ni violence. Sois fidèle et recueilli au cœur de ton être. Oublie tes blessures et tes peines constantes. Marche allègrement sur la route de la Sagesse qui dort en toi et qui n'attend que ton appel...

PARLE-MOI...

Laisse le Bonheur se transformer en richesses ancrées à jamais dans l'intimité glorieuse de ton être, là où tout se recoupe au sein de la lumière, du don de soi, de la fraternité pénétrante et mystique, prière retrouvée dans un sourire limpide d'enfant...

CHANTE...

Accueille le Bonheur, offre-lui juste assez d'amour et de liberté confiante pour qu'il t'aime encore...

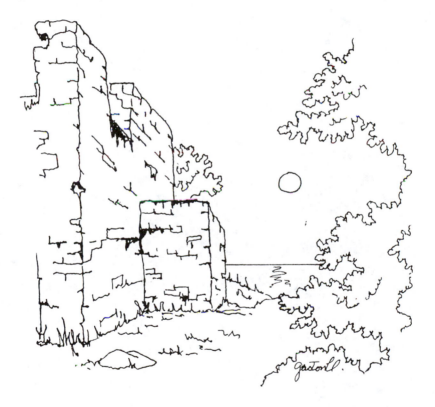

VOYAGE I

(Dixième chant)

Ce n'est qu'après mûre réflexion que je vis apparaître l'AMITIE, toute parée en ses habits de lumière. Elle me regarda et prit parole sage:

"Et me voilà venue de mémoire vive pour palper ta vie et ton idéal de bonheur. Laisse un peu voguer tes eaux-delà le temps... Et écoute-moi encore un brin, je t'en prie...

JE SUIS... J'EXISTE...

Je me transforme en toi, un grand amour, un ineffable amour au fond du cœur, comme une empreinte sur les pas du temps...

JE SUIS... J'EXISTE POUR TOI...

Et nos tendres pensées contemplent toujours l'espoir entre leurs mains liées. Car il a rêve magnifique et regard d'étoile, le bonheur que nous n'avons de cesse d'appeler à venir prendre pays et chansons fières...

JE SUIS... J'EXISTE POUR TOI...

Ton souvenir s'est enfoui au cœur de tes bras, au jour où le soleil éclairait nos vies et que sa chaleur inondait nos âmes solitaires.

JE SUIS... J'EXISTE POUR TOI...

Maintenant, mes regards se portent au-delà de la mer calme et sereine. Elle hante tant mes pensées, cette vastitude ondulante en son univers de lumières bues à même le soleil, moments de chaleur, de magie, de clarté qui peuplent mes rêves et mon âme de songes à découvert, vides de haine et de tristesse...

Mon esprit vagabonde d'est en ouest, oiseau fidèle au vol libre et vainqueur...

JE SUIS... J'EXISTE,

en mes horizons emportés aux portes de l'univers. C'est la fin ultime de mes errances fulgurantes...

Je ne veux plus d'ombre sur mes prairies d'honneur. Je veux me tenir à tes côtés dans la luminosité diaphane de l'aube, en entité de lumière, en guide fidèle, pénétrant sans plus tarder l'instant fugitif du réconfort...

JE SUIS... J'EXISTE,

Tu le sais bien, allez, qu'en paradis retrouvé, la vie passe comme les nuages, la liberté s'habille de rêves, la mort ne peut plus obscurcir l'espoir de ses voiles d'ombre, en nous promettant l'éternité comme un perpétuel recommencement.

JE SUIS... J'EXISTE,

Et mes propos passionnés s'envolent de mon imaginaire fervent. Mes symphonies de louange te rejoignent en nos raisons de vivre, en nos recherches intenses de la vérité inconnue, celle de l'éternité insondable du monde...

JE SUIS... J'EXISTE,

Moi, fragile pèlerin, épris de certitude absolue, de chaleur d'âme, de bonheur envahissant venu transcender nos jours...

Viens, toi, "parle-moi de toi, entre nous... " Tout doucement, à l'ombre de mes pas, laisse-toi conduire aux portes du paradis et du bonheur, laisse nos deux âmes se rejoindre...

Partons, veux-tu, sur les routes éternelles de la liberté retrouvée en pays connu et aimé par-dessus tout... Les grands départs me fascinent tant!..."

VOYAGE II

(Onzième chant)

Mes eaux-delà mes songes brillaient plus que de coutume dans ma quête des jours...

DES PAS SUR LE SABLE...

Deux noms entrelacés, une vague écumante, un reflux... Et puis rien... Le reflet de notre propre ignorance... Un pas de plus dans le temps...

Songeur, je revins vers moi, mais le TEMPS me barra carrément la route de mon âme... Pressé d'en finir, il prit la parole:

"Oui, c'est bien vrai. Moi, le TEMPS, je n'ai qu'une parole...

Et je t'affirme que l'AMOUR c'est le début d'un grand voyage.

C'est un triomphe au cœur de l'être, une harmonie nouvelle en deux espaces, en deux âmes... Et puis, son PAYS!... Que dire de sa beauté et de sa tendresse!...

L'AMOUR...

Comme je le chante encore avec délices!... Réuni à la vie, libre de partir quand bon lui semble, ses violences, ses tristesses et ses deuils meurent derrière lui. Il n'a de cesse de s'arrêter, tant l'Inaccesssible lui tend les bras...

Dans ce beau et grandiose voyage,

à travers ses méandres sinueux et encombrés, nous sommes des chercheurs de vérité éternelle. Et dans nos rêves purs d'enfance, déjà l'AMOUR sied à merveille à nos élans impétueux, à nos courses folles, à nos chevauchées fantastiques...

Ne sommes-nous pas des enfants de la vie et de la lumière? Qu'importe alors si nos déceptions et nos soucis blessent nos voix intérieures. Scrute en profondeur ta raison d'être et d'aimer. Tu verras alors que c'est dans la grandeur magnanime de l'âme que s'installe à jamais la joie pure, la joie quotidienne, dans le bonheur au creux de toi, exempt de larmes et de sanglots.

C'est un beau et grand voyage, la VIE, mon ami...

Tout au long du parcours de tes routes intérieures, l'ESPERANCE se tient aux abords du voyage et déploie encore ses forces pour affronter courageusement la VICTOIRE..."

Moi, je ne pouvais que gober ses paroles apaisantes. A brûle-pourpoint, je lui demandai:

"Alors, si tel est le cas, dites-moi, sans détour, pourquoi la MORT, cette réalité inexplicable, est-elle constamment aux aguets?..."

Recueilli, presque en prière, le TEMPS s'arrêta l'espace d'un instant. Puis, il me regarda intensément. De sa voix sereine et douce, il m'avoua humblement, en appuyant sur chaque mot:

"C'est un beau et grand voyage, la MORT...

Elle est d'abord justice, je dirais même un voyage infini au cœur de la VIE. C'est un grand départ, laissant derrière elle les larmes versées, les peines dévorantes, les déchéances physiques, pour y installer la paix, la consolation et le réconfort de l'âme...

La MORT, c'est la joie ultime de l'autre VIVRE...

une farandole d'amour parfait, un grand manège d'étoiles...

Ah!... mon ami fidèle, as-tu conscience que le bonheur habite chez-toi, là, dans ton cœur de poète, si près de toi qu'il tisse les fibres essentielles de ton être en lui insufflant l'esprit, cette force raffinée, vaste et si profonde!...

En elle se forme le VOYAGE au pays des souvenances, des sentiments purs et des amours à revivre en pleine LUMIÈRE... Sans ces passions de l'âme, tu le sais bien, compagnon de route, aucune aspiration, aucun idéal ne peut être atteint...

Il est beau et grand ce voyage au pays intérieur...

Il navigue vers des horizons lointains et sans cesse fuyants dont les mirages nous échappent. La liberté est si fragile qu'un moindre souffle peut en briser les instants de bonheur, les envolées imaginaires, les symbolismes questionneurs, les fantasmes ostentatoires et les rêves ensorceleurs..."

"Ce sont là de bien belles paroles!" lui dis-je... "Mais si peu de consolation pour une solitude souffrante qui fait basculer un être "de sui", de l'autre côté de la vie!..."

"Ah!... Souviens-toi,

retrouve ta mémoire pour qu'elle te dicte promptement ce qui empêche l'existence de rejoindre la MORT... Allons, ton esprit est le plus fort. C'est le berceau de ton intelligence...

Souviens-toi...

La vie, elle regorge en la MORT. Elle est porte ouverte sur la Vie, celle où rien ne s'arrête, où palpite la beauté incandescente de l'espérance et où commence l'éternité de l'AMOUR...

Regarde-moi, mon ami, mon copain, mon frère. Laisse-moi remonter le courant de tes larmes proches. Alors, en douceur et en quiétude belle, j'éblouierai si fort tes jours divins à venir qu'ils ne s'arrêteront plus au paradis retrouvé. Et puis, j'y pense, en bout de route, considère que je ne t'apprends rien. Dans mon cœur de TEMPS, ton âme vit à jamais...

VOYAGE III

(Douzième chant)

L'innocence du matin fleurissait déjà l'heure brève et fugitive de l'aube. Au cœur de sa prière silencieuse, je retrouvai l'homme mûr en moi. Je le regardai intensément vivre. Dans ma contemplation fervente, je vis alors sa jeunesse éternelle s'illuminer au mitan de l'aurore. Son vieux cœur endormi s'éveilla et me parla ainsi, face aux transparences des eaux, delà notre regard...

"Mon autrefois habite mes pensées...

Et son visage est encore empreint des lumières du temps...

"Je suis un enfant frêle...

J'ai le goût fier de m'élancer par-delà les montagnes et les mers et franchir la barrière du soleil en cavalcade débridée et candide...

Je suis un enfant aux mains d'amour...

Mes sentiments revêtent des habits de vie intense à l'heure où mes désirs s'extasient devant les jeux de l'innocence et des rêves adultes. En grande pompe, ils apportent l'espoir avec eux, enchaîné à la vie et au bonheur éternel de la délivrance et du paradis à conquérir sereinement.

Je suis un enfant à l'instant lumineux,

au parcours de vie rempli de sourires vainqueurs illuminant les joies éparses au fronton gracieux du bonheur...

Je suis encore un enfant...

Mes musiques ensorcelées, dans les tranquilles matins purs, chantent mon cœur en émoi et me transpercent l'âme submergée par l'amour et la liberté vagabonde...

Le voilà donc mon chant d'amour. Il a bellement parfum d'enfance pure et de vie à sourire au pays de l'évasion réconciliée et des rêves victorieux. Il s'éclate de lumière éblouissante aux portes du bonheur et sa symphonie laisse encore sourire largement le visage ébloui de la jeunesse en de somptueux et caressants gestes d'harmonie lyrique...

Maintenant, voici venu le couplet de la dernière heure... Voici que mon voyage éternel commence... Ecoute, compagnon de silence, l'enfant qui vit en moi...

*"Chaque fois que je chante
J'ai plaisir grand à inonder ton âme
Et nos jours ont le cœur à la fête...*

*Chaque fois que je chante
Ma jeunesse te rejoint.
Et, en toute innocence, nous vainquons le monde ensemble.
Nous franchissons les limites de l'univers,
Nous abattons les frontières closes et les murs de honte...*

*Chaque fois que je chante
Je te parle d'un bien grand trésor: la* LIBERTE*..."*

Maintenant, je t'en prie, ouvre-moi la porte, laisse-moi entrer paisiblement dans la VIE, *celle où tout commence...*

Vois-tu, désormais, les heures ne comptent plus tellement...

VALSE TRISTE

(Treizième chant)

AH! ce nostalgique tableau d'antan, comme je l'aimais profondément! Que de souvenirs inaltérables s'y incrustaient dans les méandres sinueux de ma vie tourbillonnante et si rapide!...

En ces temps-là, de grands oiseaux aux ailes argentées buvaient goulûment l'air et la liberté, en frôlant les perles des champs, tout en élégance et en dialogue avec le jour naissant.

Le marais, lui, offrait ostensiblement et toujours l'innocence de ses blancs nénuphars à la beauté transparente des aurores aux paupières mi-closes...

En mon nostalgique tableau d'antan,

il y avait aussi ton regard langoureux... J'aurais tant voulu t'aimer, tu sais, comprendre ton langage intérieur, écouter tes frêles émois, t'enchaîner à la vie, empêcher le néant de t'engloutir dans des eaux-delà tes désirs de conquêtes...

En mon nostalgique tableau d'antan,

le ciel est lourd et la grisaille s'est installée dans mes souvenirs à traverser. La brume recouvre la route sombre où je chemine et ses ombres m'envahissent le cœur impunément. Je rêve tant de blancs nuages au visage si rieur qu'ils nous font cadeau de la lumière sans compromis aucun. Et pourtant, à leur image, que de fois j'aurais pu, à mon tour, te dire, simplement...

Dans mon nostalgique tableau d'antan,

des enfants au visage câlin courent pieds nus dans la clarté des heures brèves. Et farandolent leurs rondes sautillantes aux comptines rustiques et tendres... Et puis, en grande pompe, les

JONATHAN moqueurs, saoulés de liberté souveraine, portent sur leurs ailes déployées les mots espérance d'un ailleurs à parfum imprégné de partance vers un nouveau pays, une nouvelle frontière...

Je me souviendrai longtemps de ce nostalgique tableau d'antan...

en autant de regards tenaces, de départs impromptus, de passions communes, de souvenirs trop tôt envolés et si peu vécus...

Et moi, j'ai tant l'amour à cœur qui m'habite encore!...

Je n'ai pu apprendre à partager cette richesse tendre, cette grande chaleur intime si vite disparue dans les voiles de l'oubli...

En mon nostalgique tableau d'antan,

elle était accueillante, pourtant, ma maison de cœur au jardin ensoleillé. Elle avait nom à parfumer de sublimes élans de vie...

Dans mes envolées lyriques soudaines, je vous cueillais une fleur repue de lumière heureuse, à l'instar de celle qui illuminait votre regard chaleureux, sachant dire la VIE, L'AMOUR, LA PASSION ET LE BONHEUR de façon si célébrante...

A l'heure ultime du souvenir, ma chanson ne reconnaît plus les lueurs de l'aube et mes rêves s'en sont allés se recueillir en prière...

Dans mon nostalgique tableau d'antan,

vous étiez tant partie de moi, ma douce amie d'hier... Alors, vous comprenez pourquoi, maintenant, vous habitez toujours la valse triste de ma chanson de cœur...

MAYA

(Quatorzième chant)

"ILLUSIONS", me chantaient les souvenirs déchus, captifs du silence obombré du matin... A travers leurs voix plaintives et brumeuses, je tentais quand même de respirer mes rêves au destin perdu dans de vastes eaux-delà les âges de ma vie...

"ILLUSIONS" que ces portes grandes ouvertes sur la route de tes amours à cueillir et à contempler... Il est si mystérieux et sombre ton silence absolu où l'univers cache ses vérités, sans oser en dévoiler les mots rassasiés et tumultueux.

"ILLUSIONS" que ces chevauchées solitaires au cœur palpitant de l'aventure à bride abattue... Et pourtant, souventes fois, la vie t'a murmuré ses longs silences, ses soliloques revêtus de mystère. Tu t'es contenté de répondre: "Comment pourrais-je vivre?... Vois, je ne suis plus qu'une ombre qui veille depuis ma tendre enfance et vous, mes souvenirs, vous demeurez ouverts au fond de mon cœur en habitant mon espace comme une envahissante indécence..."

"ILLUSIONS", mon ami!... Nous sommes en voyage en toi. Nos vifs désirs surgissent et te font vivre...

Nous sommes tes souvenirs de vie. Nous profitons en tes horizons imprécis de cœur meurtri par la grisaille qui l'environne. Toi, tu nous déchires, tu nous imprègnes de tes mots-épines lourdes...

"ILLUSIONS" que tes profondes tristesses emportées dans un tourbillon incessant et obscur...

Pourtant, l'ESPOIR attend toujours aux portes de nos vies communes... Maintenant, ses couleurs abstraites déroulent leurs pensées anéanties à vive allure, trop tôt disparues de nos yeux et de nos âmes...

"ILLUSIONS" que ces longs silences, ces mystères engloutis dans la lumière diffuse et oubliée en cage...

Dis-moi, l'AMI aux illusions lointaines, comment fait-on pour vivre et fleurir du côté de l'ombre?...

REVERSALES

(Quinzième chant)

"Vois, mon ami inquiet des heures, vois comme la vraie beauté demeure, de celle qui éblouit le cœur tout doucement sans s'imposer", me raconte doucement l'ESPERANCE...

Moi, sur la route du paradis perdu, elle m'était imperceptible. Ses mystérieux rendez-vous se situaient de l'autre côté du couchant, dans la fuite des dernières couleurs mourantes des eaux-delà le crépuscule endormi...

"Pourquoi ne veux-tu pas échanger ta vie contre l'incommensurable lumière du bonheur à chanter et à célébrer?... Tu ne peux continuer ainsi à l'ombre de toi-même. Il est grand temps pour toi de surgir en pleine clarté...

VOIS... Je lève le voile qui obscurcit tes yeux. Regarde!...

Deux êtres se laissent porter, enthousiastes et resplendissants, vers de nouvelles conquêtes. Ils ont oublié leur vie et ses obstacles depuis longtemps. Ils vagabondent dans l'intimité mystérieuse du cheminement réciproque de leur âme...

VOIS...

Leur espace immobile ouvre l'éternité à leurs pieds. Et leurs horizons n'ont plus de frontières. Ils habitent en eux et m'abritent, puisqu'ils me connaissent par cœur. Ils cueillent la chaleur de demain à pleines mains pour en lier la lumière limpide d'aujourd'hui. Moi, en échange, je leur permets de croire en la beauté d'être libre, ici ou ailleurs, en pays nouveau et reconquis...

VOIS, mon ami...

Il en est ainsi de l'être humain. Jusqu'où peut-il pénétrer dans son mystère?... Que peut-il attendre de la vie, ce vaste jeu de hasard?...

Malgré tout, malgré nos décrépitudes et nos grandeurs, un monde nouveau, vivifiant se fraie un chemin sur la planète. Sans nous laisser emporter tumultueusement dans le tourbillon de l'âme et des aliénations morbides de l'existence, nous pouvons encore croire en l'espérance de l'amour et de l'amitié, deux moments de grâce, deux richesses inestimables.

VOIS...

Ta vie à saveur d'éternité retrouve les frissons somptueux de la tendresse. Emplis ton âme de tes rêves de bonheur irréversibles. Elle déborde d'envie de pénétrer le cœur de tous ces paradoxes étranges qui lui donnent tant de mal qu'elle ne peut les en chasser à jamais et laisser libre cours aux moments de gloire intense et fidèle.

ECOUTE-MOI BIEN MAINTENANT...

Dans tes lettres réversales tu inscriras tes heures à retrouver pures et tu connaîtras une paix nouvelle et sereine. Elle flottera librement en tes étendards de lumière...

VOIS, mon ami, c'est si beau un lac qui émerge de la nuit et salue l'aube d'un grand coup de cœur!...

REMINISCENCES

(Seizième chant)

Ah comme il me semblait étrange et triste cet homme solitaire qui se tenait debout près du débarcadère, en regardant sa vie s'éloigner, éclatée en sanglots. Que de réminiscences tourbillonnaient dans sa tête, au moment où le sillage blanc sur la mer étale lui labourait le cœur à corps perdu, en s'engouffrant dans des eaux inconnues, au-delà de la peur...

ON NE PEUT FAIRE SILENCE A L'AMOUR...

Tout est si calme tout à coup... Que sont devenues mes rêves, maintenant que, lentement, les grand départs se succèdent un à un dans mes pensées prises au dépourvu...

Il est pourtant joli ce bord de mer dansant dans la féerie de la lumière diurne. Tout est silence en moi, en mes profondeurs, en mon esprit chagrin...

ON NE PEUT FAIRE SILENCE A L'AMOUR...

Comme une douce caresse, il fait frémir ma grise solitude. Quel contraste, pourtant!... Mon cœur bat sans vergogne ses bourrasques effrénées et il tourbillonne dans ma tête fatiguée de ses veilles intempestives...

ON NE PEUT FAIRE SILENCE A L'AMOUR...

Car la vie s'éclate en lui comme fleurs écloses après tant d'attentes fébriles. On ne peut refuser à ses horizons de nous ouvrir la porte des instants purs à cueillir et à boire...

ON NE PEUT FAIRE SILENCE A L'AMOUR...

Même s'il brûle parfois comme un mal troublant au cœur de nos poitrines en portant délibérément nos noms et que ses vagues énigmatiques et tumultueuses nous envahissent souvent sans crier gare...

ON NE PEUT FAIRE SILENCE A L'AMOUR...

Il est don de soi.
Il est destin d'amitié noble et généreux.
Il est parole jaillissante aux liens solides.

Et comme il sonne pur à mes oreilles blessées, en ce matin de souvenirs...

Car il faut que l'amour parle, dialogue, écoute, se purifie et entre dans la danse des jours...

ON NE PEUT FAIRE SILENCE A L'AMOUR...

Se pourrait-il que, désormais, en ses vaines promesses, le gouffre profond du silence n'ait plus la couleur de cette absolue délivrance que j'appelle de tout mon être?...

Jamais je n'aurai pu faire taire la voix de l'amour. Elle ne connaît point le silence...

En mal de vie et de présages, ai-je le droit de lui refuser mes hymnes de vie et les chemins ombreux de mes songes entrouverts?... Qu'en est-il maintenant de mes souvenirs?...

Désormais, dans la douce tranquillité de l'ombre descendante, un homme pleure sur le débarcadère enveloppé des voiles mauves du crépuscule...

MUSIQUES

(Dix-septième chant)

Harmonieusement, la mer laissait chanter ses clapotis au flanc de ma barque. Et ses eaux-delà mes aspirations et mes songes n'avaient de cesse de danser dans une orgie de lumière argentée.

"Ecoute," me dirent-elles, *"entends-tu nos musiques exaltées?... Non?... Alors, arrête-toi... Entre en toi, prie en toi... La* MUSIQUE *est là. Arrête ta course folle et frénétique à la poursuite du temps à retrouver. Laisse-la t'envahir, aide-la à te faire vivre...*

Au pays de toi bat un cœur de poète... si grand... si grand... qu'il voudrait clamer au monde entier les musiques qui l'environnent...

Qu'attends-tu encore?... Que sont-elles ces musiques?...

Que sont ces ardentes lumières qui brûlent si intensément en toi?... Que sont ces résonances envahissantes, remplies de fascination envoûtante et ces étranges sentiments qui t'habitent, lorsque le musicien joue PAGANINI *sur ses cordes magiques?...*

Aide-moi à vivre la musique. Conduis-moi à ses étonnantes aventures, à ses mystérieux rendez-vous, aux carrefours discrètement teintés d'amour et dont les extraordinaires appels nous invitent à l'odyssée...

Tu veux que je te chante la MUSIQUE?... Au fond, c'est si simple. Ecoute...

Vivre la MUSIQUE,

c'est retrouver l'ombre faustienne de GOUNOD, au cœur de chevauchées walkyriennes ou de tourbillonnantes nuits de WALPURGIS...

Vivre la MUSIQUE,

c'est écouter pieusement la prière lyrique et attendrissante de LISZT, au cœur de ses profonds poèmes symphoniques, comme des hymnes à la beauté intérieure de l'être humain...

Vivre la MUSIQUE,

c'est encore... ô privilège souverain, sentir et goûter, jusques aux tréfonds de l'âme, la magnificence de LUDWIG nous chanter son génie créateur et nous dire passionnément sa PASTORALE bucolique, prélude grandiose aux retrouvailles de la joie...

Vivre la MUSIQUE,

c'est se laisser transfigurer par les voix et les appels intérieurs de JEAN-SEBASTIEN, c'est ressusciter en nous l'espoir de l'être humain et écouter son mystère profond puiser ses racines en DIEU...

Vivre la MUSIQUE, oui et toujours...

Faire renaître l'espérance tendre dans les antichambres sans âme de nos amours lointaines et effondrées et dont les songes ont encore la couleur du souvenir...

Vivre la MUSIQUE...

pour que l'homme puisse entendre la polyphonie harmonieuse en chaque parcelle de la nature, pour qu'il se sente pareil au cor enchanté de la forêt, à la contrebasse de l'océan, au violon de l'air, pour qu'il devienne lui-même forêt, océan, air, feu, terre et qu'il puisse remuer, trembler, vibrer, chanter et danser, éternel instrument au cœur de l'orchestre et de la vie...

VIVRE...

Entendre notre musique individuelle, le timbre de notre voix, le rythme de notre vie, nos émotions pures, comme autant de créations profondes et ferventes...

VIVRE...

Et, ô merveille, atteindre et posséder enfin le SILENCE!...

Au cœur de l'ETRE retrouvé et béni...

VISIONS DE LUMIERE

(Dix-huitième chant)

Tout autour de moi, la POESIE se voulait libération de parole vivante. Elle voulait chanter son pays à tue-tête, un pays rêvé, un pays à faire. Elle foisonnait et s'éclatait dans les matins vermeils, dans le réel des jours et dans la lueur magique des mots...

"Qui es-tu pour ainsi vouloir conquérir le monde, le rebâtir sans cesse, tout en te sachant si frêle, éternellement nostalgique de l'amour?...

Alors, la POESIE entra en moi, digne, sans prétention aucune. Elle y inscrivit ses chants lyriques en mes mots encore tout irisés des lueurs de l'aube qui dessinait déjà ses reflets diamantés sur les eaux-delà mes regards...

"JE SUIS UNE EVASION PURE...

Je voyage à travers les êtres, plus loin que leur regards, plus loin que leur univers. Avec dignité, je me représente leur vie comme une perpétuelle naissance...

PEUT-ETRE NE SUIS-JE MYSTERIEUSE ET PROFONDE
QU'A TES PROPRES YEUX...

Il est vrai qu'il est difficile de découvrir mes infinies résonances. Mais, pardonne-moi, en mes silences, je suis si perméable!... Tu sais, je puis m'émerveiller devant un paysage conquis par la lumière, je suis touchée par l'exubérance d'une grande joie. Mais je pleure tellement au rappel de déchirures et de souffrances, qu'en mes habits du dimanche, le chagrin me dicte de parler tout bas et de taire mes sanglots...

JE SUIS HABILLEE DE DOUCEUR ET DE SIMPLICITE...

Mais parfois, je suis le jouet dissonant de mes sentiments épars et de mes impressions indélébiles. Je dois me redresser alors, prendre mes mots, les remettre en ordre et place et, ensuite, commettre l'acte créateur. Et ce n'est pas de tout repos, je te l'assure...

JE SUIS UNE EVASION PURE...

Je m'émerveille d'un ciel coloré, de ses teintes déversées sur la vastitude de la mer au crépuscule. J'écris et j'écris encore, j'évoque mon cœur, ma mémoire et mes pensées. Elles sont si pressées, tu sais de surgir en pleine lumière que j'en ai misère à subir leurs ondées. Mais c'est si exaltant de pouvoir libérer son âme de la sorte et de la laisser libre de vivre...

JE SUIS UNE EVASION PURE ET SEREINE...

Les mots me fascinent, me lisent, me regardent, rient et pleurent avec moi. Ils me font parfois sourire, ils éveillent mon esprit et surprennent mon cœur endormi. Je les porte en moi et ils me respectent en mes folies. Au fil du temps et des chemins encombrés de la vie, je les ai tant appréciés. Avec eux, j'ai appris le sens du merveilleux et ils m'ont raconté leur propre signification. Ah! Comme ce fut un moment d'émotion et de recueillement que celui-là où je pris pleinement conscience de leur existence propre et de leur pouvoir transcendant...

JE SUIS UNE EVASION PURE, UN INSTANT IMPONDERABLE...

Un beau poème, un poème de splendeur communiante, invitant les fleurs à courber la tête en révérence, un magnifique et splendide chant à faire danser les oiseaux sur sa musique, un rêve de plus à habiter...

JE SUIS UNE EVASION PURE...

Une œuvre d'art à peine ébauchée, en recherche constante d'expériences nouvelles, de beautés à cueillir, de vie à partager. Je suis mot, je suis musique, je suis contact intime, au cœur de l'être...

JE SUIS UNE EVASION PURE...

Ecriture de noir et de silence, de souvenirs envolés, de moments intenses en devenir. J'ai cet énorme pouvoir de vous amener aux pays indomptés de l'imaginaire humain et d'en abattre les frontières. A travers mes expériences humaines, j'ai pu écrire que tout commence avec un mot. Puis viennent la musique et les rêves... Alors les phrases naissent. Je les regarde vivre sur les pages blanches ou ternies, pâles ou encore tachées de larmes ou de sang. J'observe leurs bonheurs fragiles baignés d'espérances pures ou leurs immenses peines sombres un matin gris, aux frontières de brume...

JE SUIS LA POESIE, mon bel ami en cavalcade heureuse...

Je suis l'exégèse de ta vie. Tu me demandes qui je suis?... Voilà mes réponses à tes questionnements intenses. Ma vie se lit dans le respect que tu me voues, même si mes avenues sont parfois incompréhensibles et que ma raison d'être t'échappe souvent et encore...

JE SUIS LA POESIE...

Un soleil dans la pénombre de ta vie, un poème griffonné au hasard, une pensée illuminatrice, le temps d'un soupir, d'un chant à tout vent, une mélodie d'oiseau, un matin de printemps, nous priant d'écouter religieusement les secrets qu'il nous livre...

VIENS...

Le temps presse et les années passent si vite!...

ENVOLS

(Dix-neuvième chant)

A tout prix, l'enfant en moi voulait gagner la haute mer des mots. Je ne pouvais que l'écouter docilement me dire ce qu'il y a de vrai de grand et de fictif dans le cœur de l'être.

A fleur de vie, ses mots de soleil résonnaient purs et merveilleux au cœur de mon âme subjuguée.

"Puis là, tout à coup, si je sortais subitement de mon rêve pour venir te raconter la plus belle, la plus riche et la plus élégante des histoires, que dirais-tu? Tu sais, ma route est tellement parsemée de féeriques lumières... Regarde... Elles dansent sur la mer, sur les eaux brillantes, delà nos espérances. Maintenant, ne tarde plus... Viens...

VOIS, LA-BAS, en mal de pays,

une lignée d'arbres en prière, des sapins recueillis aux dures racines et si fiers de leur appartenance résineuse. Et puis, des tournesols, de magnifiques tournesols, haussés et fiers sur leurs tiges, à l'égal des blés, cachant adroitement les oiseaux fauves et timides, dont le plumage s'illumine dans le matin clair...

VOIS-TU, LA-BAS,

Une jolie fillette offre au vent son sourire parfumeur, en s'imaginant follement s'éloigner de l'enfance et de ses doux baisers offerts à l'aurore...

VOIS...

La vaste mer, le grand fleuve bleu, les goélettes aux voiles blanches comme gorge de femme. Leurs équipages se laissent emporter par les voix ensorcelantes des sirènes de rêve, des voix tourmentées de femmes abyssales aux cheveux lisses, si fragiles qu'un moindre mal les couronne de profondes blessures... A présent, retourne-toi,

VOIS...

Au bout de mon bras, de l'autre côté des vagues, l'été en cavale, en pleine lumière rouge, se mariant aux reflets jaunes du crépuscule et de l'azur animé comme bougie aux couleurs vacillantes...

VOIS...

Toute cette beauté s'offre en silence comme une chanson sans paroles, sortie d'un piano droit, recueillie d'un cœur pleureur, d'un cri aux portes du chagrin...

REGARDE ET PRIE...

Nous avons bâti des nids pour les oiseaux, nous nous sommes offert des promenades en pleine lumière, dans la quiétude du jour béni. Nous avons entendu les douze coups de minuit sonner sans remords pour nous rappeler que l'heure est encore à la tendresse...

SOUVIENS-TOI...

Nous nous sommes souvent endormis dans la grisaille des jours, nous avons fait taire les tambours battants sur le papier peint délavé, nous avons déserté les jardins de feuilles mortes, en deuil des cris d'enfants rieurs dans leurs vestes de laine...

VOIS...

Malgré tout, ils sont encore vivants nos baisers de gloire au seuil de fiançailles aimantes, ils nous parlent encore des moments tendres et des beaux souvenirs cicatrisés égarés en nous, les merveilleux souvenirs...

Aujourd'hui, cependant, quelque part au fond de toi, tu connais le délire incessant des déboires invaincus et, depuis longtemps, tu veux franchir la barrière des larmes. Fonce!... Tu n'as plus besoin de feu pour te réchauffer, car l'hiver ne peut plus, désormais, t'engourdir de ses frissons...

Alors, dis-moi, ai-je encore besoin de gagner la haute mer et sortir de mon rêve pour te rejoindre. Je n'ai plus le goût de me lever et regarder au bout de moi...

Je sais aussi que ton paysage a fini de s'éteindre. Il fait maintenant jour en toi...

VOIS...

La route du bonheur est à portée de cœur...

CHANT D'AME

(Vingtième chant)

A TOI, CE CHANT D'AME...

Aujourd'hui, l'amour est venu étouffer mon cœur comme en une troublante obsession, un grand vent frissonnant à faire se panacher d'écume les eaux du grand fleuve, delà la haute mer...

Sa pluie douloureuse s'est insidieusement évanouie sur mon corps frêle et fragile. Elle a étourdi complètement mon esprit torturé...

ET PLEURE MON CHANT D'AME...

Au cœur des jours fiévreux, des larmes sauvages m'ont engourdi et tout réflexe de survie s'est tu. Désormais, toute malice en est disparue... Que penser?... Que dire?...

J'ai la nette impression que l'on m'a frelaté le cœur pour en éteindre indûment les timides chaleurs de mon amour vierge de toute souillure...

ET BRULE MON CHANT D'AME...

Enrobe de tes flammes les paroles ensorceleuses de ce bel et ténébreux esprit qui consumait ma vie de son amour si compliqué à comprendre, tellement le feu allumé en moi brillait en flammes argentées et vermeilles...

VOLE LIBRE, MON CHANT D'AME...

Je voudrais tant nager en tes eaux douces, comme un poisson délivré de ses transparences trompeuses, apprendre à t'aimer doucement, sans devenir esclave, sans m'oublier et avoir mal, MOI, l'amoureuse transie d'un bel oiseau égoïste...

131

Comme je me souviens de ce baiser lumineux et tendre, tout rempli de toi. Je me rassurais au creux de tes bras. Toi, tu m'enseignais le sens du merveilleux des choses simples, du souvenir à retrouver, du calme des nuits blanches, des silences profonds du cœur...

Ce fut trop facile de t'écouter me parler de l'azur du ciel, bel ami parfumeur de vie. Dans mes silences doublement fragiles et éphémères, tes secrets m'apparaissaient couleur d'enfance. Hélas! A peine le temps venu de faire résonner nos tambours, l'amour est disparu de nos cœurs dans les voiles nébuleux des grands départs impromptus...

Comme un fulgurant baiser de femme-araignée, une toile implacable s'est tissée autour de mon âme. Je ne peux plus te rejoindre en tes beautés intérieures et tendres. Tes richesses me sont inaccessibles et cachées dans des tiroirs secrets de ton cœur souffrant...

Tes voix intérieures chantent leur être pauvre et démuni. Et, pourtant, moi, je sais qu'elles peuvent jaillir en cascades de rires et de chants joyeux, claironnants comme des acclamations de victoire...

Non, la terre n'est pas trop étroite pour nous deux... Reviens et nous étalerons ensemble la puissance créatrice de l'amour à protéger d'éventuels cambrioleurs jaloux.

L'océan des âges nous submerge maintenant et nos mémoires enchevêtrées connaissent l'amère douleur de l'obscurité...

Il faut faire vite, mon ami. Bientôt, je le sens, je devrai m'envoler là-bas, derrière les étoiles...

VOYAGEMENT

(Vingt et unième chant)

"Ah! tu sais, c'est une bien belle et tendre histoire que celle-là", me dit le vieux marin à la barbe aventurière et dont le regard forçait l'horizon à dévoiler ses secrets intimes, ses aventures rocambolesques.

Comme si sa mémoire franchissait les eaux, par delà les âges et la vie, il prit mots et parlures pour me dire et me chuchoter son souvenir à couleur de secret d'âme.

"Il faisait brise tiède d'été ce soir-là. Et les voiles se tendaient en faisant crisser les haubans agrippés aux mâts accoutumés aux tempêtes. C'est en voulant tendre un filin retors et récalcitrant que je les aperçus, ces deux enfants perdus, abandonnés à leur sort, assis timidement sur un vieux et rudimentaire coffre de bois aux coins de fer rouillé.

"Il doit sûrement contenir leur maigre butin, leurs derniers trésors et quelques souvenirs", me dis-je.

Sans qu'ils puissent s'en rendre compte, je les observai à la dérobée. Ils écoutaient, anxieux, dans l'ombre descendante de la nuit, les voix des vagues labourées par le voilier irascible et les chants plaintifs des oiseaux nocturnes.

Et pourtant, moi, vieux bourlingueur des mers sans fin, je ne pouvais m'empêcher de les imaginer ailleurs, ces deux enfants du crépuscule, avec leurs yeux apeurés, cachant leur tristesse dans la beauté des saisons, en respirant l'arôme parfumeur des feuilles transportées par le vent...

Comme ils auraient eu magnifique visage, leur pays à habiter au loin, rouge d'envie à faire fondre la forêt comme bougie...

Et puis, en recherche de plages dorées, ils auraient traversé les landes fleuries, bu à l'eau claire des fontaines, chanté dans la beauté éphémère des matins de rosée...

Hélas, aucune parcelle de ce rêve ne ferait son nid dans leurs têtes fatiguées. Maintenant, le grand bâtiment des mers filait ses nœuds inlassables dans la nuit noire et les deux enfants ne pouvaient porter à leur bouche que des fruits amers cueillis sous le soleil brûlant de la misère humaine...

Ils étreignaient leurs douleurs comme d'habitude. Ils en chassaient les ombres animales. Et leur sommeil portait les cicatrices d'une vie entamée, assoiffante et affamée...

Pourtant, à vrai dire, je ne pouvais souscrire à un prélude si lugubre. Moi, le vieux loup de mer aux cris rauques, à la geste quotidienne rivée aux mers et aux fleuves, mais dont le cœur débordait de tendresse, je ne pouvais oublier leur regard si fragile. Il me poursuivait, me hantait.

Je savais fort pertinemment que, bientôt, les voiles fatiguées descendraient le long des mâts, en enveloppant leurs rêves de conquêtes, le temps d'une escale, que les hommes d'équipage passeraient bientôt dans les bras des filles du port, dans la fumée des bars et dans les vapeurs de rhum...

Moi, je ne pouvais me résoudre à vivre ainsi mon arrivée à bon port.

"Pourquoi ne pas jeter l'ancre, mon vieux?... Il est grand temps, ne trouves-tu pas de prendre pays et racines et de cesser tes errances?... Ferme les yeux et écoute... L'enfance te fait signe et veut se nourrir de toi... Qu'attends-tu?...

* * *

Qu'il était beau et grandiose ce début fulgurant d'automne en ses signes colorés d'or, de carmin, d'ocre et d'écarlate!... Les insectes virevoltaient dans la lumière diurne en livrant lentement leurs derniers chants d'adieu comme en un hymne monastique...

Au bord du ruisseau, je dessinais l'automne en sa palette mirobolante. Et puis, ô merveille entre toutes, j'entendais le rire sonore des enfants recueillis de la mer, jouant dans les fleurs du jardin coloré, dont le parfum me rappelait sereinement l'opulente et suave fragrance des élégants magnolias roses, désormais désertés de l'été envolé...

Deux enfances réunies, un vieil âge, un jardin, une maison tapie sous des arbres gigantesques... Sans le savoir, j'avais fait la rencontre du BONHEUR...

* * *

"Vois-tu, mon ami, ces deux enfants n'avaient jamais eu part, comme moi, à la douceur exquise des tisanes fumantes des halles du vieux port... Quant au reste, je n'avais que l'amour et les sourds battements de tambour de mon vieux cœur de marin fatigué comme preuves de ma bonne volonté...

Maintenant, il ne me reste que ces beaux souvenirs que je te confie et qui parfument ma vie comme une fumée odorante d'encensoir. Ils sont devenus parole vive, car le BONHEUR a pris visage d'enfance pour s'engraver à jamais dans ma mémoire..."

PLAQUES TOURNANTES

(Vingt-deuxième chant)

Nous étions attablés depuis un bon moment. Comme il est de mise en de grandes occasions, la bouteille de champagne millésimée trônait sur son lit de glace, à demi consumée...

Nous passions notre dernier soir ensemble. Et, depuis un bon moment, nous avions remâché nos pensées communes, en tentant de remeubler tant bien que mal nos châteaux d'illusions, histoire de tenter d'oublier, ne serait-ce qu'un moment, le juste retour aux réalités quotidiennes qui nous attendaient.

Tout doucement, ce fut elle qui rompit le léger silence qui s'était interposé entre nous depuis quelques minutes. Elle détourna son regard rivé sur le vaste paysage marin et vers les eaux-delà la jetée de pierres qui s'étalait majestueusement devant nos yeux, à travers la large fenêtre aux rebords fleuris de pétunias multicolores:

"JE SUIS FEMME", me dit-elle soudainement, en levant ses yeux éloquents et profonds vers moi.

JE SUIS FEMME...

Je n'ai plus d'âge... Je suis en même temps africaine... autochtone... amérindienne... américaine... européenne... asiatique... hindoue... arabe... ou d'ailleurs...

JE SUIS FEMME...

Amputée... décapitée... tuée... Je ne suis plus de ce siècle... Je ne suis plus d'action ni de pensée... On m' a écrasée, battue, violentée... On m'a louangée en ma beauté. Mais on a tellement oublié ma fécondité...

143

JE SUIS ENCORE FEMME...

Qui viendra me tendre la main et me sortir enfin de cette gangue qui me tue...

Et pourtant, en mes secrets intimes, JE SUIS FEMME...

En une symphonie printanière, mon jardin intérieur joue ses musiques nouvelles et se oint la tête du parfum exquis des tulipes vermeilles en orgie de fragrance.

J'y pressens l'été en sonate de rêve. Et, souventes fois, il m'arrive de faire silence et prière en moi. Je revois alors, comme en une lente procession de vie, défiler les vieux murs gris de mon enfance, une portion de paysage conquis, un pied d'alouette fragile mais si tenace...

JE SUIS FEMME DE SOUVENANCES...

J'habite encore de vieilles histoires ennoblies de parlures héroïques, de beaux et majestueux sentiments lovés au cœur de ceux et celles déjà en-allés au pays des mouvances et de la lumière espérante...

JE SUIS FEMME... ETERNELLEMENT...

Comme il fait froid tout à coup!... Je me rappelle avoir endossé mon manteau d'hiver, un jour, pour sortir voir le temps qu'il faisait au pays des amours neuves. Tout en douceur, le printemps y dormait en attente de mes rêves... Je me souviens aussi avoir laissé tomber ma lourde pelisse pour accueillir son espoir de renouveau en moi...

JE SUIS FEMME...

Bientôt ce sera l'heure... Je cesserai d'avoir froid au cœur. Les grandes plaques tournantes des glaces qui me torturent repartiront vers leurs demeures secrètes et inavouées...

Ce jour-là, moi, couronnée du signe flamboyant de la VICTOIRE, je les regarderai s'éloigner et, dans un immense éclat de rire, j'accueillerai enfin la VIE."

Bouleversé, mais émerveillé aussi de tant de largesse de pensée, je l'observai détourner lentement son regard vers l'horizon immense qui avait revêtu les couleurs d'apparat du crépuscule pour la circonstance.

CHANT D'OCTOBRE

(Vingt-troisième chant)

"A lit de rivière crue et de savane mouvante, les saisons délirent leur orbe aux bras du temps poli, du temps majestueux, du temps oublié ou du temps rare.

Les arbres parfumeurs peaufinent leurs essences et cambriolent leur mémoire en pendeloques de larmes...

CE SOIR, MA BLANCHE BOUGIE EST CALME DE SA LUMIERE...

Moi, je ne me lassais pas d'écouter religieusement cet amoureux transi et fragile.

"Je suis un amant suffoqué. Je ne suis plus un masseur d'azur bicolore où sommeillent encore de sauvages et indécises espérances. Timide et crispé, octobre me dévore l'automne vidé de ses feuilles. Je me sens trahi par ses sources tendres.

CE SOIR, MA BLANCHE BOUGIE EST MORTE DE SA LUMIERE...

Car elle guette toujours, la mort, au creux des écorces grises et humides. Les fleuves égoïstes se couvrent de voiles amers aux souvenirs chargés des charmes pétrifiés de l'été enfui...

Les fiançailles de la mer et du vent ne sont plus. De rares oiseaux pleureurs et fugaces survolent les crêtes des vagues aux panaches hérissés et couverts d'écume blanche...

CE SOIR, MA BLANCHE BOUGIE EST TRISTE DE SA LUMIERE...

Dans les aunes sombres aux sons lugubres, ma complainte chante et ne veut plus se taire. Sur les dalles de pierre, autant de paroles se sont effacées, usées et flétries par les sables poussiéreux du temps. Autrefois chauds et tendres, les nids désintéressés ne se racontent plus.

"Nous quittons l'HISTOIRE" m'ont clamé les feuilles pourpres, entre deux musiques, entre deux délires, entre deux cris de mer, entre deux cris de terre... "Nous sommes si mortelles en nos silences dormeurs!..."

Moi, l'amoureux transi et fragile, je m'inclinai alors devant tant de vaillance et de résignation. En effet, qu'avais-je à me plaindre des chants tristes d'octobre?...

Je relevai la tête, sans plus attendre que la lumière soit. Dans mes chemins bordés de hautes vernes, souvent j'avais entendu l'aubépine chanter dans la liturgie profonde de ses racines...

Et puis là, soudainement, je me rendais compte que, désormais, ses épines blanches ne heurteraient plus le cheval fougueux de mes rêves en cavale...

Alors, sans monture, par mes chemins de cœur, de sève en lumière, je repris mon bâton de pèlerin en quête de VIE...

C'est précisément ce soir-là, je me souviens, que ma blanche bougie reprit allègrement son visage illuminé de fleurs...

VALSE SANS FIN

(vingt-quatrième chant)

En silence, les paroles douces de ma chanson s'étaient tues dans la paix du crépuscule qui se reflétait voluptueusement sur les eaux toutes proches, jusque par-delà le somptueux horizon rougeâtre... Et pourtant, je les entendais me répéter inlassablement:

"A l'été mûr de ta jeunesse, le vent cargue lentement ses voiles. La pluie pleure tristement aux fenêtres sombres de ta vie... La nostalgie de tes souvenances est encore omniprésente et pressée d'en finir...

Relève la tête, prends conscience de tes grandeurs et de tes faiblesses. Le temps passe. Regarde, les plages bénies de ton enfance refont surface. Viens, valsons, entrons dans ce manège fou d'étoiles, car le temps est au beau au pays de l'errance...

VALSONS TOUJOURS,

N'arrêtons plus,
Valsons,
Le temps pur d'une saison,
Le temps qui tourne au beau,
Le temps présent, portant sur son cœur brûlant
Ses lettres de créances amoureuses...

Et puis, viendra le temps des épousailles, le temps d'un mariage, les grandes eaux de nos fleuves de vie uniront leur destinée à l'océan en attente...

Comme ce sera beau alors!...

Des doigts de femme joueront la sonate impromptue du temps sur le clavecin de l'amour...

VIENS, VALSONS, ENTRONS DANS LA DANSE...

Le temps de confondre nos corps dans un même espoir...

Le temps d'un tendre baiser aux paroles en bouche...

Le temps du travail sacré et de la vie à transmettre...

VALSONS PENDANT QU'IL EN EST TEMPS ENCORE...

Bientôt, tout doucement, en ombre furtive, viendra l'heure du départ, des larmes brûlantes, des plaintes suffoquées...

Les flammes vacilleront au feu des bougies, des temps durs, embaumeurs de souvenirs...

Les heures s'envoleront dans le vent frileux et n'habiteront plus nos juvéniles indécences.

VIENS, NE PARS PAS ENCORE...

Terminons cette valse mélancolique. De bien douces et profondes tendresses habitent encore nos étés dormeurs, nos temps-aimés, nos temps-amours, nos temps-baumes sur de noires blessures de vie...

VIENS, LA VALSE DU TEMPS T'APPELLE ENCORE...

Valse toujours,
Valse encore...

De nouveau, les enfants rieurs dansent dans la chaleur heureuse et privilégiée d'un instant de lumière...

Les saisons s'envolent au front nimbé d'opale des filles. Les oiseaux fugaces retrouvent le ciel timide et ses ailes de nuages à bras ouverts...

Les cerisiers et les pommettiers n'attendent plus que le geste du cueilleur pour livrer leurs fruits.

Oui, reviens hanter mes papiers éclairés par les rayons invitants et enjôleurs du soleil lisse et mince.

VIENS, ENTRE DANS MA VIE...

Alors, sur mes pages d'écolier, en regard du temps et des heures, je dessinerai des feuilles d'automne pour toi, en abondance de feu, de vie et de foi..."

A MEMOIRE D'AUTOMNE

(Vingt-cinquième chant)

Depuis un bon moment, seul au pays des errances, je regardais les paillettes cuivrées des arbres se déployer en envolées féeriques, dans l'enivrement et l'orgie chorégraphique de leur farandole de mort. Par delà les eaux limpides de la troisième saison, l'horizon se gavait de lumière...

Tout à coup, grisée par le vent et les ambres marbrés du crépuscule, l'une d'elles arrêta brusquement son manège fou sur un fond de nuages rougeoyants de désarroi et me dit, toute essoufflée:

"Toi aussi l'errance t'habite et ton souvenir est déserté du sourire des oiseaux. Moi, je m'amuse follement, même si le vent persiste à me chanter ses tristes mélopées et me crie encore sa faiblesse nue au charme si vite en-allé...

A MEMOIRE D'AUTOMNE, elles sont envoûtantes nos errances, ne trouves-tu pas?...

Maintenant, à l'ombre gercée des soirs de froidure, la montagne n'offre plus la force virile de ses bras et ses tambours ne battent plus les humides soirs d'orage.

Même si ses tumultes se sont tus dans les échos pleureurs et la solitude mourante de ses longs pins noirs et tristes, les équipages des villes fantasques habillent encore leurs demeures de cèdre au gris pelage...

A MEMOIRE D'AUTOMNE, comme elles sont nostalgiques nos errances, ne trouves-tu pas?...

Mais, hélas, les saules modulent toujours leurs suppliques amères... Les noyers sombres de la plaine n'épousent plus d'espérances vertes...

De fantomatiques souvenances sont échouées en nos mémoires et surgissent, erratiques et fuyantes par les cheminées décapitées du temps. Leur fumée dense, chargée de gloires évanouies et de déceptions déchues se teinte de brunante et se presse pour la cavale entre chien et loup...

A MEMOIRE D'AUTOMNE, nos errances ont le rêve en transhumance...

Reverrons-nous un jour, hier, demain ou ailleurs, les racines de la pluie dans la chaleur fleurie et retrouvée de nos cris d'enfants. De forêts en montagnes, l'amour parviendra-t-il à couronner d'azur l'année longue de nos servitudes inassouvies, sans torture au cœur?...

A MEMOIRE D'AUTOMNE, nos errances prendront alors la route de l'exil pour disparaître à l'horizon brumeux...

Et le fleuve coulera doucement ses eaux de vie et de larmes. Nos baisers retrouveront leur charme envolé. Nous redeviendrons reines et rois au mitan des feuilles vertes de notre enfance...

Nous dormirons sur de neuves fougères. Nul ne saura nos secrets racontés aux repus labours d'automne, nul ne connaîtra la source de nos larmes, de nos remords et de nos secrets serviles... Les bourgeons livreront leurs promesses attendues, les plumes des mouettes écriront des poèmes sur des pierres de sable...

A MEMOIRE D'AUTOMNE,

dans le soir limpide, deux oiseaux retrouvés uniront leurs chants aigus dans la tiédeur des bois couronnés de lumière...

A MEMOIRE D'AUTOMNE,

comme deux amants attendris et fiévreux, nous épouserons doucement la fleur pour l'ombre...

CONFIDENCES

(Vingt-sixième chant)

Comme le temps s'est vite écoulé à l'intérieur des murs de la poésie!... Sa durée en confond les apparences. Mon être cesse de paraître, comme la mort se confond à la vie...

Malgré tout, je me sens heureux. Je ne connais pas l'ennui de n'avoir plus rien à raconter, de ne plus pouvoir créer et de devoir laisser mon imagination et ma sensibilité en jachère...

Aujourd'hui, le temps se fait plus frais, mais le soleil est encore doux et l'air possède cette transparence qui rend notre liberté de vivre si grisante et nous fait perdre conscience de la folie qui fait battre à tout rompre le cœur du monde...

Je suis encore uni à la vie par la voix des êtres et des choses. Et mes nefs de lumière laissent la prière diffuse se répercuter dans les échos du matin. Mon cœur, lui, se raconte... Lentement, sans heurts ni bousculades, il martèle ses pulsations inlassables au fil du temps avec une patience sans limites...

"JE SUIS L'AFFECTION ALCHIMISTE...

J'ai réussi à te transmuter dans une absolue lumière: tu es devenu Amour et Tendresse, même si on te fait mal à l'occasion, même si ton âme souffre et si elle nous montre sans pudeur que nous sommes quelquefois voués à frôler la sublimité et le grotesque tout à la fois...

JE SUIS LA JOIE AUX FORCES INCONNUES...

Je sais rire et arborer la force de vivre qui sait tout du bonheur...

JE SUIS D'EAU PURE ET CRISTALLINE...

J'aspire à l'absolue vérité. En mes bontés souveraines et majestueuses, entre raison et folie, j'écoute et je me prête au grand jeu des contradictions humaines...

Alors je laisse le Bien et le Mal s'affronter et, à chaque instant, j'essaie de pénétrer en mes éternités bienheureuses où cesse toute lutte. C'est pourquoi je recherche le bonheur avec tant de fougue...

JE SUIS DE SENSIBILITE ET DE VIBRATIONS INTENSES...

Je m'habille de sentiments nobles et de pensées existentielles où ma sincérité d'esprit devient motivation fervente et affaire de conviction. Mes nourritures spirituelles se réconcilient en autant d'attitudes et d'aspirations légitimes. Et mes inspirations, elles, s'en croisent les doigts d'aise...

JE SUIS VIE, LUMIERE, VERITE...

Et mes rythmes connaissent parfois des peurs répétées, des bousculades tambourinées et des inquiétudes alarmantes, en mes inexorables mouvements d'âme...

Et puis, quand vient l'heure des choix urgents, des responsabilités adultes, des énergies à dépenser outrageusement, je me questionne alors objectivement.

Mais souvent, hésitantes ou timorées, transies ou illusoires, mes générosités empruntent la route de l'amabilité, en ne négligeant point l'importance que je leur accorde comme messagères de lumière...

Quand à la vérité, j'en altère parfois les accords mélancoliques sur mes rêves et mon esprit créateur étanche alors sa soif de lumière, d'amour et de paix...

JE SUIS DE SOUFFLE ET DE VIE...

En mes élans parfois provocateurs, mes agitations sans répit ployent sous le poids de la désillusion. Tout est tintamarre sans raison, brouhaha en séquences étudiées... On dirait que la vie voudrait me faire partager le fruit du remords, comme une musique fatiguée de tant d'intolérance...

Et puis, tout à coup, comme par enchantement, survient l'apaisement au cœur de ma pensée. L'ampleur de ma tâche ne m'effraie plus. Dorénavant, je connais ses démarches, ses partages, ses morsures et ses failles...

JE SUIS DE LUCIDITE ET DE DOUCEUR...

Je préserve la vie pour pouvoir mieux la recréer encore, je découvre l'ESSENTIEL au cœur de ma prière, comme un puits de lumière en de sombres demeures...

Je suis mon propre maître en mes itinéraires de vie. Mes obscurités ne me font plus peur. Il n'y a plus de fermetures outrées ni d'endurcissements de l'âme en moi, car j'ai fermé la porte à l'hypocrisie des êtres. Et, désormais, elle connaît une fin périssable...

Puisque tu me le demandes, maintenant que mon esprit scintille au sein de la lumière, je laisse résonner la musique en moi. J'ai changé mon cœur de pierre en cœur de chair, je l'ai refaçonné pour y diffuser l'Amour et le rendre capable de gestes de gratuité, de tendresse retrouvée et de bienveillance nouvelle...

Et puis, sans paroles, je respire à plein cœur la fraîcheur des instants de silence que la vie me réserve en me répétant constamment de boire à sa jeunesse...

Dorénavant, je ne pourrai regarder l'autre qu'en respectant intégralement les aspirations profondes de son âme...

L' AMOUR, tu sais, ce n'est pas autre chose que de regarder la joie couler et battre sous la soie liliale d'un instant d'aurore..."

* * *

TABLE DES MATIÈRES

Achevé d'imprimer en mars 1997 chez

VEILLEUX
IMPRESSION À DEMANDE INC.

à Boucherville, Québec